RÉPONSE

A LA LETTRE

D'UN VIEUX COMMIS DU TRÉSOR,

ET

A D'AUTRES COMMIS.

RÉPONSE

A LA LETTRE

D'UN VIEUX COMMIS DU TRÉSOR,

ET

A D'AUTRES COMMIS,

VIEUX ET JEUNES,

SUR LA SITUATION DES FINANCES *AU VRAI.*

> « Ils réduisent le maniement des finances en art si obscur, que peu de gens y peuvent entendre, s'ils ne sont nourris en leur cabale. »

PARIS,

Chez PÉLICIER, Libraire, au Palais-Royal, cour des Offices.

MAI · 1819.

DE L'IMPRIMERIE DE HOCQUET,

FAUBOURG MONTMARTRE, N°. 4.

OBSERVATIONS PRÉLIMINAIRES.

» Pour jouer leur jeu accortement, ils réduisent le
» maniement des Finances en art si obscur, que
» peu de gens y peuvent entendre, s'ils ne sont
» nourris en leur cabale ; ils se mocquent de ceux
» qui ne sçavent pas la finesse qui y est, et disent
» qu'ils ne sont pas bons financiers (1).

Tandis que je recueillais les réponses faites
à la *Situation des Finances* AU VRAI, tandis
que je rédigeais et que je faisais imprimer cette
Réplique, la discussion a commencé, et déjà
les rapports des Commissions et les délibérations
de la Chambre ont changé en certitudes la plus
part des *Doutes* que j'avais élevés.

Si je le fais remarquer, ce n'est point pour

---

(1) Cette phrase, si vraie et si bien pensée, est tout-à-fait applicable
aux Comptes et aux Budgets actuels ; cependant elle a 200 ans de date.
On serait tenté de croire que la perfectibilité financière n'a, depuis
lors, fait aucun progrès. Cette sentence est extraite d'un écrivain très-
peu connu, *J. Bourgoin*, qui s'était constitué le fléau des Financiers de
son tems, qu'il appelait dans son vieux langage, sangsues, harpies,
charlatans. Il publia contre leurs dilapidations plusieurs écrits origi-
naux, sous des titres bisarres. Il dit lui même qu'*il les mit ès-mains
de Sa Majesté le seizième jour de mars* 1623 ; ils existent encore dans
une des Bibliothèques du Roi. La phrase ci-dessus est copiée page 9
de l'écrit intitulé :

LE PRESSOIR DES ESPONGES DU ROY, avec une vignette représentant
des Financiers mis au pressoir.

Voici les titres d'autres ouvrages de J. Bourgoin :

iv

détourner vers moi aucune partie du mérite des travaux des Commissions; je dois au contraire à la vérité de déclarer, qu'entièrement étranger à leurs travaux, je n'ai eu d'autre rapport avec leurs Membres que de m'être rencontré dans la découverte des mêmes erreurs. Elles ne pouvaient échapper aux hommes éclairés qui composent les Commissions.

Beaucoup de personnes dans la haute et dans la moyenne administration, et quelques particuliers ayant déclaré qu'ils fesaient dépendre leur opinion définitive, sur la SITUATION AU VRAI, des décisions de la Chambre, je suis placé dans la nécessité d'établir ici la concordance des articles déjà adoptés par la Chambre et des propositions faites par les Commissions *avec mes Doutes et mes Propositions.*

1er. 2e. 3e. 4e. et 5e. *Doutes.* J'avais dis, p. 80 : « Les Chambres ne peuvent-elles pas, sans être » trop exigeantes, diminuer le crédit demandé » pour les *Frais de négociations* de 1819, » de. 8,430,000

La Commission des dépenses a proposé, de

<hr>

Le Roy desrobé ; ou *rabais, fraudes, surprises des Partisans et Fermiers....*

La Chasse aux Larrons ; ou *avant-courreur des poursuittes....*

Anti-péculat, ou *recueil de recherches et de condamnations....*

Le Fovet des Financiers, ou *poursuittes de Bourgoin, contre leurs violences, attentats....*

Je n'ose transcrire d'autres titres plus bizarres encore, et dont notre délicatesse s'effaroucherait.

J. Bourgoin était un original, mais c'était un bon citoyen. Il fut persécuté, mais il ne perdit pas courage, et il se consola de la haîne des Financiers, par le bien auquel ses écrits contribuèrent et par l'estime de ses concitoyens.

diminuer le crédit des Frais de négociations de 6,517,000.

La Commission déduit en outre huit millions sur les autres dépenses, dont je ne me suis pas occupé.

6e. *Doute.* La Chambre a ajouté aux recettes de 1818 les 4,142,000, produit des bénéfices aux négociations de 1818, omis par le Budget.

7e, 8e, 9e et 10e *Doutes.* La Commission des recettes n'a pas encore fait son rapport; mais il est déjà connu qu'elle rétablira aux *Évaluations des recettes du Budget de* 1819, le montant des *produits de* 1818: elle ajoutera donc au Budget 26 millions.

Il n'est pas encore décidé, mais il est déjà certain que l'accroissement du produit des *droits sur les boissons* fera ajouter 20 à 25 millions aux évaluations des Contributions indirectes. Ainsi disparaîtra l'*atténuation* de 50 millions que j'ai dévoilée; ainsi on trouvera les moyens d'accorder la *réduction* de 50 millions, dont j'ai entrepris de démontrer la facilité.

11e., 12e *Doutes.* Il a été reconnu que les *supplémens de crédits* étaient au total de 233 millions, que les nouvelles demandes étaient effectivement de 136 millions. La Chambre a de plus diminué les supplémens demandés de 10,512,000. sur 11,500,000 de réductions proposées par sa Commission.

13e *Doute.* La Chambre a reconnu l'*omission* des 12,238,000, attribués à l'exercice 1814; elle a rétabli cette somme; elle a ordonné qu'il en serait compté.

14e. *Doute.* Il a fallu convenir à la Tribune que l'*on avait eu tort* de se servir d'expressions qui ont pu faire croire à un *déficit de* 189 *mil-lions*; que l'on avait *eu tort* de ne dire, ni dans les comptes, ni dans les rapports, ni dans les discours, que le *déficit n'était que de 56 millions* dans le système du Ministre : enfin *ce déficit a disparu* par le travail de la Commission et par les votes de la Chambre au moyen :

1°. de réductions de crédit . . . 10,512,000

2°. de forcemens en recette sur 1817
et 1816 (15ᵉ au 22ᵉ *Doutes*) . . 7,857,000

3°. de forcemens en recette sur 1818.
(6ᵉ *Doute* et autres), ... 6,336,000

4°. du rétablissement au Budget de
1818, de la valeur des 1,674,500
de rentes non employés, (23ᵉ, 24ᵉ,
25ᵉ et 26ᵉ *Doutes*) 32,921,318

Ainsi a disparu tout déficit . . . 57,627,318
Et au lieu du déficit de 56,302,662
La Chambre a constaté un excédant
de. 1,304,656

27ᵉ, 28ᵉ, 29ᵉ et 30ᵉ *Doutes*. J'avais pensé et j'avais osé dire que la *Dette flottante* pourrait rester fixée à 176 millions, et que l'augmentation de 48,900,000 n'était pas nécessaire. La Commission des dépenses a été plus loin : elle propose de *réduire* cette *Dette flottante* à 150 millions, de la *diminuer* de 25 millions, au lieu de l'augmenter de 48,900,000.

31ᵉ et 32ᵉ *Doutes*. Le rejet de l'augmentation de la Dette flottante, le maintien des valeurs en caisse, et par conséquent le rejet de tous les *pour mémoire*, est en parfaite harmonie avec tout ce que j'ai dit de la *situation matérielle* des caisses, de la *marche* des recettes et des dépenses, et de la convenance d'employer et de *réaliser* les valeurs et *effets publics appartenant au Trésor*, que le Ministre voulait conserver, sans en compter autrement que *pour mémoire*.

33ᵉ. et 34ᵉ. *Doutes :* Le premier acte de la Chambre avait été de rejeter la nouvelle forme de Budget, et de rétablir *les Budgets et la balance par exercice*, sans se laisser ni repousser par une résistance inexplicable, ni effrayer par la menace qu'elle se repentira de n'avoir pas accepté avec reconnaissance le bienfait *des Budgets de gestion ;* ni persuader par une foule d'*hérésies financieres*, professées à ce sujet à la tribune. J'en indiquerai deux plaisantes et fondamentales.

La Balance des *exercices* est *le lit de Procuste!* le lit de Procuste ne peut être *la balance,* mais le *vote du crédit de la dépense* et des suppléments de crédit.

Faut-il supprimer la fixation des crédits? a-t-on bonne grace à prétendre que la Chambre place les Ministres sur des *lits* trop courts ? Les crédits ont été successivement allongés de 233 millions ! LL. EE. ne devraient-elles pas s'y trouver à l'aise ?

Le grand vice des Comptes d'*exercice* c'est, a dit avec solemnité et gravité le Ministre des finances, de n'avoir *ni comptables, ni soldes, ni caisses, ni. . . ni. . . ni . .*

Il n'y a pas de Recettes et de Dépenses qui n'aient leurs Comptables et leurs encaisses : il n'y a pas de Compte qui n'ait son Solde ; donc les Comptes d'Exercices ont leurs Comptables et leurs Soldes. Bien plus, ils ont des *Soldes spé-ciaux* et distincts, et c'est là leur principale dif-férence d'avec les *Comptes de gestion*; c'est aussi leur principal *avantage* pour la Chambre et pour les Créanciers de l'État; enfin c'est aussi leur principale *gêne* pour l'Administration. Voir les 33e. et 34e. *Doutes* qui traitent cette question à fonds, et qui n'ont pas été réfutés.

35e et 36e *Doutes.* Les Doutes sur la comptabilité ont trouvé un assentiment complet dans les discours du Ministre, des Commissaires du Roi et des Membres de la Chambre. Tous unanimement sont convenus que la comptabilité était à réorganiser et les comptes erronés et à refaire. Quelques orateurs ont même laissé à entendre que

Souvent un beau désordre est un effet de l'art.

Boileau. Art poët.

Cette unanimité d'éloges est très-flatteuse pour les rédacteurs des Comptes et Budgets. On n'a différé que sur *le mode de vérification et de réorganisation.* L'Administration proposait de s'en rapporter à ses soins; la Chambre, peu rassurée par l'exemple du passé, a cru qu'il pouvait être utile que la loi intervint; elle a posé les bases et prescrit les formes à suivre dans ces vérifications et réorganisations.

Je viens de parcourir tous mes torts; ils sont maintenant partagés par la Chambre.

Suis-je bien coupable pour avoir pensé, prévu, annoncé ce que la Chambre a décidé?

Est-ce ma faute si le Ministre des finances s'est

mépris sur tous les points ? s'il n'a pas voulu adopter le conseil que je me suis permis de lui donner le 31 décembre , à son arrivée au Ministère , de proclamer la brillante situation des finances qui venait d'être constatée , par une commission dont je fesais partie ?

Pourquoi a-t-il refusé d'honorer et de populariser le Gouvernement, le Ministère et *lui-même,* par la proposition d'une *réduction d'impôts ?*

Devais-je me taire, parce que mes propositions avait été dédaignées par le Ministre des finances ? devais-je, dans la crainte de le contrarier et de lui déplaire, renoncer à publier des vérités , qui pouvaient être utiles à mon Pays et à son Gouvernement ?

Suis-je criminel parce que le Public les a accueillies avec faveur ? parce que la Chambre les a adoptées ?

BRICOGNE.

Ce 22 mai 1819.

TABLE.

RÉPONSE

A LA LETTRE

D'UN VIEUX COMMIS DU TRÉSOR,

ET

A D'AUTRES COMMIS, VIEUX ET JEUNES.

> Ils se mocquent de ceux qui ne sçavent
> pas la finesse qui y est.

Mon Camarade, ou plutôt mes Camarades,
vieux et jeunes.

Je n'ai pas l'honneur de vous connaître, per-
mettez cependant que je prenne la place de l'ami
auquel vous avez adressé votre lettre du 10 mai;
c'est de moi plus que de tout autre, que vous at-
tendez la réponse.

Je dois commencer par vous faire des remer-
ciemens pour les complimens et surtout pour les
concessions que vous me faites. Je ne les énume-
rerai pas, ceux qui les compteront, trouveront
que vous m'accordez plus d'articles que vous n'en
contestez. Y avez-vous bien réfléchi? vous passez
condamnation sur une foule de points essentiels;
vous abandonnez jusqu'au système des Comptes
de *gestion*, qui forme la base du Budget soumis
à la Chambre; c'est fort bien, car *la Chambre
vient de rejeter* les Budgets *par gestion* et de rétablir *la balance des exercices.*

Vous m'accordez beaucoup plus que je n'au-
rais attendu d'aucun réfutateur. Je dois des mé-
nagemens à des antagonistes si généreux. Je ne

vous reprocherai donc pas une foule de petites malices, des réticences, des citations inexactes, où vous me faites dire autre chose ou parler autrement. Ces petites querelles seraient d'un trop faible intérêt. Je ne m'attache qu'aux points principaux. Je vais les parcourir succinctement.

Je vous suis fort redevable pour la docilité avec laquelle vous vous êtes conformés au *plan de réfutation* que j'ai tracé à la fin de ma brochure ; et puis, comment faire des reproches à un *vieux Commis* qui *se défie de* l'exactitude *de ses propres lumières* : cependant vous me permettrez de le dire et de le prouver, votre apparente bonhomie cache souvent beaucoup de finesses sans finesse et des subterfuges sans adresse.

J'ai reçu, presqu'au même instant, une *Lettre* d'un M. B..... des *Réflexions sommaires* de M. DE SAINT-AUBIN, et UN MOT *de M. Mollard*, ce *Mot* délaié en 61 pages, n'est pas très-laconique (1).

Cette réponse vous sera commune. Je regrette

---

(1) M. Mollard n'est pas très-poli ; il traite de *niaiseries* mes propositions. Un si habile homme en a le droit ; mais il me permettra, eu toute humilité, de lui conseiller d'être plus clair et plus intelligible. Vaut mieux encore approcher de la *niaiserie* que d'atteindre au *galimathias* et à l'*amphigouri*. Que les lecteurs de M. Mollard, s'il a des lecteurs, ne s'affligent pas de n'avoir pu comprendre la plupart de ses phrases et de ses calculs ; qu'ils ne se tourmentent pas : ce que l'on n'entend pas, vaut rarement la peine d'être entendu ; cela est vrai en finance comme en littérature, avec cette différence, qu'en finance il faut se défier du talent et des intentions de ceux qui ne savent pas ou ne veulent pas s'expliquer clairement ; il faut redouter les comptes et les budgets inintelligibles et leurs obscurs défenseurs. Les chiffres mêmes de M. Mollard, l'inspecteur, ne sont pasexacts ; j'en donnerai des preuves. Il y a au surplus plusieurs styles dans la brochure de M. Mollard. On y trouve des pages fort bien écrites.

que *trois* ou *quatre* autres *refutations*, dont on me menace, soient restées en arrière; mais je ne dois pas faire attendre quatre Réfutateurs.

Les différences réelles entre vous et moi et vos auxiliaires, portent sur cinq articles principaux.

Les Evaluations des Revenus de 1819.

Les Encaisses au 1er. janvier 1819.

La Marche des Recettes et des Dépenses.

La Dette flottante ou le Déficit actuel et à venir.

Les Frais de négociations.

Je vais parcourir successivement ces points principaux, en y rattachant les discussions subsidiaires.

Evaluations du Budget de 1819.

(Chap. X. 7e, 8e, 9e, 10e. Doutes.)

J'ai annoncé que les évaluations du Budget de 1819 étaient *au-dessous* des recettes de 1818 d'une somme de 26 millions.

Cela n'est pas contesté, parce que cela était incontestable ; M. Mollard en convient. Il donne (pag. 41) la preuve d'une atténuation de 26,490,975 : mais tous les réfutateurs oublient d'expliquer par quelle singularité, et dans quelle intention le discours du Ministre annonçait des *augmentations,* tandis que les Chiffres faisaient des *réductions.*

Maintenant, *après coup,* on donne des démentis aux promesses du discours ministériel. On s'évertue pour prouver que les revenus de 1819 n'atteindront pas même les évaluations.

Deux défenseurs du Budget s'y sont pris de

deux manières différentes; mais elles sont *con-tradictoires*, et dès-lors peu concluantes; les faits et les chiffres cités par tous les deux, démentent leurs calculs et leurs conclusions, et prouvent l'excédant de revenu que j'ai annoncé, et même au-delà.

M. de *Saint-Aubin* dit : page 22, « malheu-
» reusement pour ce *prophète de bon augure*
» (j'accepte ce surnom), le trimestre qui vient
« de s'écouler, étant comparé avec le trimestre
» correspondant de l'année dernière, vient de
» présenter pour résultat un déficit bien réel de
» 200,000 francs. »

Si les recettes du 1er. trimestre 1819 ne sont inférieures à celles du 1er. trimestre 1818 que de 200,000 francs, les recettes de l'année 1819 ne seront donc inférieures à celles de l'année 1818 que de 800,000 francs. On a donc eu tort de les évaluer 26 millions de moins ; il y aura donc un *excédant* de 25 millions.

C'est M. de *Saint-Aubin*, attaché depuis quatre mois au cabinet particulier du Ministre, et dès-lors parfaitement instruit, qui nous apporte l'aveu et la preuve de cette augmentation certaine de 25 millions, déjà justifiée et réalisée pour un trimestre.

Mais M. de *Saint-Aubin*, qui veut absolument être un malin, est un innocent ou un indiscret auprès du *vieux Commis*. Celui-ci, après avoir examiné l'état des recettes du 1er. trimestre 1819, après l'avoir comparé aux recettes de 1818, a reconnu que cette comparaison prouvait contre les évaluations du Budget ; il en a conclu qu'il fallait bien se garder de communiquer cette compa-raison au public.

Le *vieux Commis* qui, en affectant la bon-hommie, est très-malicieux, a donc laissé de côté la seule comparaison raisonnable, parce qu'elle prouvait contre son système; et il en a fabriqué une tout exprès pour arriver à son but, pour prouver ce qu'il avait ordre de démontrer. Il a imprimé un tableau, duquel il semble résulter que le 1ᵉʳ. trimestre 1819 n'a pas produit le *quart* des évaluations du Budget. Il triomphe de ce *déficit* imaginaire qu'il a créé, et il conclut que l'on ne peut espérer des accroissemens de recettes.

Il est fâcheux que les jérémiades du *vieux Commis* soient démenties par l'indiscrétion de M. de *Saint-Aubin*, qui n'est pas un jeune étourdi, mais qui a eu la main malheureuse, en publiant le résultat d'un tableau condamné au secret, et en fournissant ainsi la preuve d'un premier surplus de 25 millions; mais le tableau même du *vieux Commis* fut-il seul, suffirait pour démentir les conséquences qu'il en tire, et fournir la preuve d'excédans de recettes assurés.

Les recettes indirectes du premier trimestre de chaque année sont plus faibles de 15 à 20 millions que celles des trimestres suivans. Cela s'explique: les recettes sont nulles sur le nouvel exercice pendant les premiers jours de janvier; elles n'atteignent leur marche proportionnelle qu'en mars, et elles la dépassent dans le dernier trimestre, où l'on apure les comptes et où l'on presse les redevables.

Quoique le premier trimestre soit bien le *quart de l'année*, il ne produit pas le *quart du Budget*, mais le *sixième* ou le *cinquième* au plus des recettes annuelles. Les Recettes du premier trimestre sont avouées pour 121 millions : celles de chaque trimestre, *terme moyen*, seront plus .

fortes au moins de 15 millions : elles atteindront donc 136 millions ; or, par trimestre 136 millions de recettes, donneront pour l'année 1819 . . . . 544 millions

Ces mêmes articles ne sont évalués au Budget que . . . . 488 millions.

Voilà donc un surplus assuré de 56 millions.

Si nous descendons aux détails du tableau imprimé, nous y trouverons la confirmation et la base de ces espérances.

L'administration des Douanes a seule présenté des Recettes inférieures au quart des évaluations du Budget ; est-ce bien un déficit, et n'est-ce pas plutôt un retard de recouvrement, qui, pour les Sels, a lieu, chaque année, à pareille époque ?

Aucune circonstance ne peut diminuer la consommation du Sel ; mais le Sel *ne se fabrique et ne se vend* qu'en été ; l'hiver n'est pas la saison des transports ; ce n'est pas non plus la saison des arrivages, ni des expéditions par terre ou par mer. Les prix des denrées coloniales ont baissé ; il a pu en résulter stagnation momentanée dans le commerce ; car lorsque les prix baissent, les négocians cessent d'acheter ; mais cette baisse même augmente la consommation. On consommera donc en 1819 autant, et peut-être plus de Sel, de Sucre, de Café, de Coton, etc., qu'en 1818 ; il faudra bien en définitive, lorsque la baisse sera arrivée à son terme, lorsque les magasins auront été vidés, qu'ils soient remplis ; le *commerce* a souffert, mais la *consommation* n'a pas diminué ; les tarifs n'ont pas été baissés ; les produits ne sont donc que retardés ; ils reprendront promptement leur niveau ; ils atteindront, et peut-être dépasseront ceux de 1818. La baisse et

la stagnation datent déjà du mois d'octobre dernier ; elles ont contribué à diminuer les recettes
des Douanes en 1818 ; nous avons encore neuf
mois devant nous pour les voir cesser et pour en
réparer les effets. Bien plus, une circonstance
particulière et accidentelle a contribué à ce *retard* dans les produits des Douanes. La ville de
Paris sollicite un entrepôt, elle espère l'obtenir,
et dès-lors ses négocians ont retardé l'arrivée de
leurs marchandises et le paiement des droits. Ces
causes transitoires ont produit tout leur effet, et
les recettes des Douanes augmentent journellement.

Les autres administrations ne nous présentent
qu'augmentation. L'Enregistrement a produit
dans le *premier* trimestre 800,000 de plus que le
quart du Budget. Les produits devant augmenter
de trimestre en trimestre, nul doute que ces recettes n'égalent celles de 1818. La première augmentation de 26 millions est donc *très-certaine.*

Les Contributions indirectes présentent des
résultats encore plus satisfaisants et presque sur-
prenants. Elles ont fourni 2,679,000 fr. de plus
que le quart des évaluations, et plus de 4,000,000
au-delà des recettes du premier trimestre 1818.
On fait, il est vrai, la bonne *bierre* en *mars* ,
mais on boit davantage et la bierre et le cidre
et le vin en été qu'en hiver. Cette augmentation
de 4,000,000 sur le premier trimestre augmen-
tera donc de trimestre en trimestre. Le *vieux
Commis* se réjouit très-patriotiquement de ce que
la *gelée* est venue au secours des atténuations
du Budget ; mais le mal n'a pas été grand, et il
faut qu'il se résigne à une ample vendange, et
par suite à un accroissement de 20 à 25 millions,
dont le produit des droits sur les boissons.

Toutes ces demi-révélations démontrent donc qu'une augmentation de 40 à 50 millions est certaine, et qu'elle est garantie par les résultats du premier trimestre (1).

----

(1) *Quelques erreurs de M. Mollard.*

M. Mollard me reproche d'avoir fait la comparaison des produits de 1818 avec les évaluations de 1819, *article par article;* c'était précisément la seule méthode pour éviter les erreurs dans lesquelles il tombe en faisant la comparaison *en masse.* Voici quelques-unes de ses erreurs.

1re. Erreur. Les produits des jeux 5,900,000 qui étaient dans le Budget de 1818 et qui ne sont plus dans celui de 1819.

2e. Erreur. Les abandons par le Roi de 11 millions en 1816, de 5 millions en 1817, de 2,200,000 en 1818, supprimés en 1819.

3e. Erreur. Les contributions directes de 356 millions en 1817, 361 millions en 1818 et 363 millions en 1819.

4e. Erreur. Produits des négociations 4,142,000 en 1818, 5,180,000 en 1819, non portés en recette en 1817.

5e. Erreur. Les poudres et salpêtres portés pour la première fois au budget de 1818 pour 5 millions, et à celui de 1819 seulement pour 2,500,000.

Ces différences et plusieurs autres devaient faire rejeter la comparaison en *masse*, plus expéditive, mais inexacte. M. Mollard l'a préférée sans voir toutes ces différences et les erreurs qui en résulteraient.

Toujours inexact, M. Mollard dit qu'en 1818 les contributions indirectes ont produit 173,937,000 ; il oublie le produit des salpêtres, cinq millions, et l'abonnement des villes pour le casernement 445,000 ; en sorte que le produit a été en 1818 de 181,482,000, et que l'atténuation du Budget de 1819 est de 6,500,000, et non de 1,100,000. Les circonstances invoquées par M. Mollard, pour motiver une atténuation, ont produit quatre millions d'augmentation en trois mois, et promettent 20 ou 25 millions d'augmentation sur ce seul chapitre, au lieu d'une réduction de 6,500,000 ; quant à l'enregistrement, la loi du 28 avril 1816 continuera d'être exécutée en 1819 ; elle produira dès-lors autant qu'en 1818 ; le premier trimestre 1819 a égalé celui de 1818, cela suffit pour rétablir 13 millions atténués par le budget. Les loteries ont, en 1819, continué de produire autant qu'en 1818 ; la morale peut vouloir que l'on détruise ce revenu ; mais elle n'autorise pas à en dissimuler les produits. J'ai répondu sur l'article des Douanes ; enfin la

Si on y ajoute les 14 millions de réductions de dépenses présentées par la Commission, les 15 ou 20 millions du produit des coupes de bois que l'on peut avancer d'une année (42ᵉ. Doute). on reconnaîtra que sur 70 à 80 millions d'excédant de revenus, il est facile d'accorder 50 millions de réduction sur la contribution foncière et la suppression des retenues.

Je pourrais borner là cette réfutation : j'ai repoussé les plus forts argumens, et mis hors de doute le point le plus important. Tout le surplus est d'un bien moindre intérêt ; car lors même que les encaisses seraient dans la proportion *ordinaire*, lors même que les recettes et les dépenses suivraient leur marche ordinaire, un *excédant* de plus de 50 millions *étant incontestable dans le revenu*, la réduction ne peut-être refusée ; mais j'espère trouver dans la suite de cette discussion de nouveaux argumens en faveur de la réduction d'impôts.

Situation materielle des Caisses.

(Chap. I, 31ᵉ, 32ᵉ et 39ᵉ Doutes.)

Le *vieux Commis*, fidèle au plan de réfutation que je lui ai tracé (page 122), s'applique à faire

---

crise qui a eu lieu en 1818 , a pu affaiblir les produits de 1818., mais elle ne peut réduire ceux de 1819 , et elle contribue aux espérances d'augmentations.

Voilà comme M. Mollard cite, calcule, compare et raisonne ; voilà ce que l'on trouve au fond de son obscurité , de ses imbroglio et de son galimathias. Cela ne vaut pas la peine d'y pénétrer , et ceux qui ne le comprendront pas, feront bien , d'après ces échantillons , de ne pas se désoler ou se fatiguer à deviner ce qu'il veut dire, et à vérifier ses calculs.

disparaître les sommes et valeurs en Caisse et en Portefeuille.

M. Mollard opère autrement, il recopie les chiffres et les combine de deux ou trois manières différentes, qui ne disent rien de plus que le Budget, qui ne prouvent et ne réfutent rien. Répondons d'abord au *vieux Commis*, dont la marche est plus méthodique et plus adroite.

Il commence par réduire les 92 millions à 42 millions seulement en *numéraire :* il aurait dû dire 50 millions (1); quant au surplus ce sont, dit-il, des effets non échus, et il insinue *non disponibles ;* mais comme il n'est aucun de ces effets qui ne puisse être immédiatement réalisé,

---

(1) *Inexactitudes* du *vieux Commis* sur ce chapitre.

Aux 42 millions en *numéraire ,* il devait ajouter 8,615,000 à recouvrer le 5 janvier pour rentes revendues ; il se serait ainsi trouvé en caisse 50 millions en numéraire , dont 28 millions à Paris , outre 12 millions effets de commerce recouvrables journellement , et réalisables à volonté.

20 millions numéraire sont , dit-il , la dépense d'*une semaine ,* à Paris ; cela est i xact ; car , 1°. avec les 8,615,000 , il y avait 28 millions numéraire, et avec les effets de commerce 40 millions ; 2°. La dépense du Trésor à Paris *par semaine* est au plus de 8 à 9 millions ; 3°. Les fonds réalisés à l'avance étaient donc ceux de plus de trois semaines , et avec les effets de commerce , de près de cinq semaines; 4°. Le Trésor faisant chaque jour des recettes proportionnelles à ses dépenses , ce fonds d'avance pour cinq semaines était presque entièrement superflu pour le service courant; 5°. Le sémestre de la dette publique n'écheoit que le 22 mars , trois mois après le 1er. janvier ; il ne pouvait influer sur l'encaisse; il y avait une véritable imprévoyance à ne pas s'apercevoir que cette accumulation augmentait les frais de négociation sans utilité ; 6°. Je n'ai pas confondu l'*encaisse* avec l'*actif.* L'encaisse fait partie de l'actif ; il se compose du *numéraire* et des *valeurs représentatives ;* je l'ai distingué de l'*actif contentieux ,* et en effets publics. Quand j'ai fait cette réunion , l'actif s'est trouvé de 187 millions , au lieu de 92 millions , etc. , etc.

ou donné en paiement , sous escompte , les 92 millions sont effectivemet *libres, disponibles;* ils forment ce qui, de tout tems , a été appelé au Trésor , le Solde en Caisse et en Portefeuille , *en numéraire* ou *valeurs représentatives ,* et ils sont ainsi présentés dans les Comptes et Budgets. Toutes les fois que l'on a voulu apporter de l'économie dans les Frais de négociation, on s'est appliqué à réduire les encaisses au strict nécessaire ; pour cela il faut des soins journaliers, de l'économie, de l'habileté.

Le *vieux Commis* et M. Mollard ont évité de répondre aux comparaisons (pages 29, 104 et 105.) qui prouvent que les encaisses à diverses époques, étaient inférieurs de 30 à 40 millions aux encaisses *actuels.* Ils passent aussi sous silence les comparaisons de *l'actif* inférieur, au moins de 100 et jusqu'à 150 millions à l'Actif *actuel.* Le *vieux Commis* et M. Mollard n'ont donc rien prouvé , rien réfuté sur la surabondance des caisses, et leurs efforts impuissans sont l'aveu de la réplétude excessive.

M. *de Saint-Aubin* veut interdire, *sous peine de concussion ,* de vendre les rentes achetées par le Trésor : le *vieux Commis* et M. Mollard essaient de démontrer la nécessité de garder les 5,180,000 de rentes, et les inconvéniens de leur réalisation.

Je ne contesterai pas que ces effets rapportent sept à huit pour cent, et qu'il y a espoir de hausse et de profit. Mais ces profits, et ces opérations admirables pour un *banquier* ou pour un *spéculateur ,* ne sont pas seulement indignes du Trésor, dangereux et illégaux, ils sont encore le plus faux, le plus désastreux des calculs de la part d'un administrateur des finances. Pour toute réponse, je donnerai ce conseil.

Faites un effort, détachez vos regards toujours abaissés sur le *parquet;* levez les yeux un peu plus haut que le *comptoir de la Bourse;* par-dessus les épaules de cette foule si avide, si bruyante et si peu nombreuse qui vous obsède, qui offusque votre vue et borne votre sphère: au-delà, ne découvrez-vous pas l'immense horizon de la France? cette inombrable population que vous appelez la *matière imposable,* comme si elle n'eut été créée que pour être imposée et pressurée? Les Contribuables sont les hommes utiles, les travailleurs de la société, les producteurs des richesses, la force de l'Etat; ils arrosent la terre et la fécondent de leurs sueurs. Si vous laissiez entre leurs mains les sommes que vous voulez leur arracher pour acheter des rentes, ou pour conserver celles achetées, ces Capitaux *stériles* pour l'Etat; car l'intérêt qu'ils semblent produire n'est qu'une portion d'impôt; ces capitaux, laissés aux Cultivateurs, aux Propriétaires, fructifieraient au centuple au profit de tous.

5o millions annuellement réduits sur la Contribution foncière, produiront chaque année *quatre* et *cinq* profits de *huit, dix* et jusqu'à 15 et 20 pour cent, sans cesse croissants dans une progression géométrique, de richesse et de prospérité. Ces calculs sont plus justes, plus libéraux, plus conformes aux principes de l'économie politique, et à la science de l'administration des finances, que ceux du *vieux Commis,* qui, sur cet article, a épuisé la dialectique de la Bourse, la science et les calculs de l'agiotage. Bien libre à lui de s'applaudir « de semblables économies, et

» de féliciter le Ministre, qui sait si habilement
» user de ce qu'il aura trouvé dans le porte-
» feuille. » Je ne crois pas qu'aucun contribuable,
qu'aucun homme instruit dans l'administration
des finances, soit tenté de faire *chorus* (1).

Marche comparative des Recettes et des Dépenses.

(Chap. IV. 32ᵉ Doute.)

Le *vieux Commis* ne peut nier la rapidité des
recettes et la lenteur des dépenses; que fait-il?
il prétend que les Recettes peuvent se ralentir;
mais qu'oppose-t-il à l'expérience des années
dernières, à l'état actuel des choses? des allégations vagues.

Il veut prouver que les Dépenses seront accé-
lérées, et il cite les travaux des routes, qui sont
à peine entrepris, et le recrutement qui n'est
pas encore commencé. Il m'accuse de conseiller
de ralentir les dépenses, lorsqu'au contraire j'ai
formellement signalé cette manœuvre, comme un
expédient de mauvaise foi. (Fin du 32ᵉ Doute,

---

(1) La méthode des *trois questions* (chap. II.) a trouvé grace aux
yeux du *vieux Commis* : il l'a adoptée et il entreprend de prouver la
concordance du Budget avec le résultat de cette méthode ; mais il fait,
entre autres, trois grosses erreurs : 1°. Il oublie que les caisses contien-
nent 10,113,000 traites coupes de bois, attribuées à 1819, et non
portées en recette (21ᵉ. et 42ᵉ. Doutes.); 2°. Il retombe dans le double emploi des 14 millions d'obligations (35 et 39ᵉ. Doutes.) ; 3°. Il
prétend que j'ai oublié les 12,238,000 transportés à 1814; j'ai cité
la somme du Budget, qui les a omis ; mais aussitôt j'ai signalé cet
oubli comme cause de différence (pages 34 et 90, 13ᵉ. Doutes.). Voilà
des échantillons de l'exactitude et de la bonnefoi du *vieux Commis*

p. 107.) Il a tellement senti ce reproche, que, pour le repousser, il cite les dates des ordonnances de distribution de fonds; mais il laisse *en blanc* les dates qui justifient le reproche, et qui étaient les seules importantes (1).

Je n'ai pas conseillé de retarder les Dépenses ni d'accélérer les Recettes au-delà de la Situation *actuelle*. Au contraire dans le tableau que j'ai présenté (pages 43 et 44) des Ressources et des Besoins de l'année 1819, j'ai calculé qu'au lieu de 35 millions, il resterait 40 millions à recevoir à la fin de 1819, et qu'au lieu de 144 millions, il resterait 140 millions à payer. J'ai pris les choses *in statu quo*, et j'ai fondé tous mes calculs, toutes mes propositions sur l'*expérience* des années dernières, et sur la Situation *actuelle;* elle ne peut que s'améliorer de plus en plus en 1819; mais *je n'ai compté pour rien* cette amélioration. Bien libre au *vieux Commis* de supposer que l'on recevra beaucoup moins et que l'on paiera *beaucoup plus* en 1819, qu'en 1818; il ne court qu'un risque, celui d'être démenti par l'événement, comme il est déjà réfuté par l'expérience, et par des probabilités qui approchent de la certitude.

Il est dans la force des choses, que les paye-

---

(1) Le 32ᵉ. Doute, auquel renvoie la page 41, explique ce que je dis du soin à prendre pour retarder les dépenses. Ce conseil *ironique* est pris au sérieux par le *vieux Commis*, et il m'en fait un reproche.

Un autre reproche aussi mal fondé, c'est une prétendue erreur de 10 millions; il y a (page 44.) 50 au lieu de 40. Le calcul est fait sur 40; il n'y a pas erreur, mais faute d'impression. Je pourrais citer 47 pour 17 millions, 34 pour 24 et dix autres erreurs aussi fortes dans les comptes et dans le *vieux Commis;* mais on ne s'attache à ces vétilles que lorsqu'on n'a rien de mieux à dire.

mens soient plus lents que les recouvremens. Cela a eu lieu en 1817 et 1818; cela aura lieu en 1819 et 1820., etc.; c'est tout ce que j'ai voulu démontrer.

M. Mollard est sur ce point de l'avis du *vieux Commis*. A l'appui de ses raisonnemens, il fait la plus ridicule des comparaisons. Il invite un *Banquier* en déficit à continuer *à faire des comptes chez l'Épicier* et *chez l'Apothicaire*. L'exemple d'un Banquier est tout à fait applicable, mais non dans ses rapports avec l'Apothicaire. Un Banquier qui paierait de gros intérêts, et qui garderait en caisse des fonds oisifs, marcherait à sa ruine. L'intérêt d'un Banquier, le devoir d'un Administrateur des finances sont de ne garder en caisse que le plus strict nécessaire : ils doivent combiner leurs opérations de manière que le roulement des recettes puisse subvenir aux dépenses, en supportant le moins possible d'intérêts et de frais de négociations. Dans sa situation actuelle, le Trésor a des recettes régulières certaines, au moins égales à ses dépenses ; il a de plus des fonds en caisse immenses et superflus ; il peut donc, il doit donc les utiliser au moins en partie. Or l'emploi le plus profitable pour l'Etat est certainement de laisser l'argent entre les mains des producteurs, par une réduction d'impôts.

Mais une *réduction d'impôts* est pour un Inspecteur et pour beaucoup d'Administrateurs des finances, un *vol* fait au Trésor, un *larcin* fait à leurs attributions, et dont la seule proposition leur fait jeter les hauts cris, quand ils ne peuvent l'étouffer.

Les objections de M. Mollard sur la préférence à donner à la réduction du *droit de mutation* et sur l'atteinte que la diminution de l'Impôt foncier porterait aux droits des Electeurs, ont été réfutées à l'avance, par ma lettre insérée dans le *Journal général* du 27 avril, et transcrite dans l'*Avant-propos* de ma seconde édition. Je n'y ajouterai que peu de mots.

Sans doute *la disponibilité* est une des conditions de la propriété, et cette condition est blessée par le Droit de mutation; mais pour le plus petit nombre de Propriétaires, pour ceux seulement qui veulent disposer.

La *Jouissance des revenus* est une condition bien autrement essentielle de la propriété, et elle intéresse tous les Propriétaires. La *Jouissance*, le *Revenu* sont détruits par l'Impôt foncier. Supprimer 50 millions d'Impôts, rendre aux Propriétaires 50 millions de Revenus dès 1819, ce sera les soulager plus efficacement, plus immédiatement, que de leur *promettre* une diminution des Droits de mutation, à l'époque incertaine pour tous, laquelle, pour la plupart, n'arrivera jamais, où ils voudront disposer de leur propriété.

La réduction de l'Impôt foncier a seule l'avantage immense de récréer un Capital de 1,250 millions, par une diminution annuelle de 50 mill.ons.

Enfin toutes les *mutations* ne sont pas assujéties à des droits excessifs. Les mutations *par succession* en ligne directe, ne payent que *un pour cent*; ce sont les plus nombreuses. On voit à quel point M. Mollard est inexact en calculant *dix* et *douze* pour cent.

Si, comme le dit M. Mollard, et je ne suis pas éloigné de le croire, la réduction du tarif des droits sur les *mutations-volontaires* doit en aug-menter le produit, il ne s'en suit nullement que l'on ne doive pas diminuer la Contribution fon-cière; il faut en conclure que l'on aurait dû pro-poser, en outre, de diminuer les Droits de mu-tation; bien moins à titre d'allégement, qu'à ti-tre de calcul financier bien entendu. Préférer la réduction des Droits de mutation, ce serait ne rien ôter au Trésor, et accorder bien peu aux contribuables; ce serait une opération toute fis-cale, qu'il serait peut-être utile d'ajouter à la réduction de l'Impôt foncier, mais qu'il ne faut pas lui substituer.

Ici M. Mollard prouve contre ce qu'il avait ordre de démontrer; au lieu de disculper le Budget de n'avoir pas réduit la Contribution foncière, il l'accuse de n'avoir pas réduit les Droits de mutation. Voilà un défenseur bien mal encontreux.

Dette flottante et Déficit actuel et à venir.

(Chap. III. et V. du 27e au 32e et le 39e. Doutes.)

Le *vieux Commis* est court sur ce chapitre, car il a prouvé contre lui-même, en prétendant que le passif antérieur au 1er. avril 1814, a été réduit de 114 millions à 68 millions; dès-lors la Dette flottante aurait dû être diminuée de 48 millions. Son plus fort argument est que les fonds ont été accordés pour réduire le *passif* et non la *Dette flottante*. Ridicule chicane de mots; la Dette flot-tante ne fut créée que pour remplacer le *passif*;

par conséquent, toute assignation de fonds accordés pour réduire le *passif*, doit réduire la *dette
flottante*. Le passif a été diminué depuis le 1er avril
1814 ; donc, la dette flottante aurait dû être diminuée et non augmentée ; donc, on doit refuser
l'autorisation de l'augmenter de 48,900,000 : demande dénuée de toute apparence de fondement.

Pour prouver la nécesssité de l'augmentation
de 48,900,000 fr. de dette flottante, M. Mollard
décompose et recompose les sommes qui forment
la Dette flottante, l'Actif et le Passif du Trésor.
Il fait jouer des chiffres sans rendre raison de
ses motifs.

Il faudrait, pour le réfuter en détail, faire
deux volumes ; le premier, pour rendre ces jeux
de chiffres intelligibles ; le second, pour relever
les incohérences et les inexactitudes. J'ai donné
assez d'exemples de la manière de travailler de
M. Mollard pour qu'on me dispense d'en citer
de nouveaux. Cela serait fort inutile. Les erreurs
de M. Mollard portent leur remède ; car la
lecture n'en est pas soutenable.

Lors même qu'on lui accorderait son *Déficit*
final de 142,279,000 fr., il n'en résulterait rien
d'alarmant, puisque le Trésor soutient facilement
une dette flottante de 176 millions. Il n'en résulterait pas non plus la nécessité d'augmenter la
Dette flottante ; puisque les encaisses sont supé-
rieurs aux besoins. Tous les calculs de M. Mollard ne sont, je le répète, que des jeux de chiffres
embarrassés, confus, inexacts, erronnés, par les-
quels il ne fait que tourner et retourner les sommes du Budget, sans rien expliquer, sans rien
prouver contre le travail de la Commission ; sans
éclairer aucun *doute*. Il ne fait qu'épaissir les

obscurités au lieu de les dissiper. Il n'est pas à craindre qu'il convainque et induise en erreur : peu liront ; très-peu comprendront, et personne ne sera éclairé, ni satisfait.

Le *vieux Commis* est beaucoup plus habile que M. Mollard, il annonce un bien autre *Déficit*.

C'est ici le lieu d'apprécier ce tableau commandé, rédigé et publié par nos *Financiers alarmistes*, *inséré dans le Moniteur* du 10 mai, et qui annonce : « un *déficit total* de 983 millions » qu'il faudra bien demander aux contribuables, » en y ajoutant les intérêts et les pertes de toutes » espèces. . . . » A la manière dont le Ministère des finances calcule les Frais de négociations, lorsqu'on lui accorde tout ce qu'il demande, cette menace est vraiment effrayante : mesurons ce *grand épouvantail.*

Au premier coup-d'œil, nous pouvons rayer les 72 millions *effets appartenans au Trésor :* soit qu'on les réalise, soit qu'on les garde , c'est un *actif* et non un *déficit :* les 69 millions, les 17 millions, les 15 millions de *passif*, *d'avances* et de *pertes possibles,* sont couverts, et forts au-delà, par la Dette flottante ; les intérêts sont payés sur le Frais de négociation ; il a donc été pourvu à ce Déficit. Sur les 360 millions de *reconnaissances de liquidation,* il n'a encore été émis que 198 millions ; elles sont remboursables en cinq ans, à partir de 1821 : or, qui a terme ne doit rien. Dût-on, dans deux ans, reporter les Contributions au taux actuel, il y aurait eu un véritable soulagement de 100 millions à les avoir réduites en 1819 et 1820 ; mais il sera facile de pourvoir à ce remboursement, sans augmentation d'impôt, et nous n'avons pas à nous en inquiéter deux ans à l'avance.

Le paiement des cent millions restant dûs sur la contribution de guerre , est assuré par les 6,600,000 de rentes affectées à cette destination, et qui même ont été un moment admises en paiement ou négociées. Si le cours des rentes s'élève , on reprendra ces 6,600,000; s'il reste stationnaire, car il ne pourrait baisser que par malfaçon , il suffira d'y ajouter au plus 5oo ou 600,000 francs de rentes, pour completter ce paiement aux termes du traité du 20 novembre.

Tout cet échafaudage de *Déficit* s'écroule donc d'un souffle. Mais le plus plaisant, ou plutôt le plus ridicule, c'est le *Déficit* de 35o millions, à cause de la réduction , pendant sept ans, de 5o millions par année : il est démontré qu'*ils ne sont pas nécessaires ;* ils ne feront donc pas *déficit.*

Quelle meilleure preuve de la brillante Situation des finances que ces efforts impuissants pour inventer un *déficit*, en nous transportant à 1825 ! Mais aussi quelle indiscrétion de proclamer dans *le Moniteur* l'intention où est le Ministre des finances de refuser toute réduction d'impôts en 1819, 1820, 1821 , 1822, 1823, 1824 et 1825, et peut être par delà. Le *vieux Commis* est un trop fidèle interprète.

M. Mollard, à son tour, est plus adroit lorsqu'il laisse espérer qu'il serait possible de faire quelque réduction en 1820, si....., si...., si..... Lequel croire des deux réfutateurs ? Peu-importe ; car les vagues espérances ne sont destinées qu'à couvrir les refus. On promet formellement quand on veut tenir. Le tableau de 983 millions de prétendu

Déficit explique les véritables intentions : un *refus éternel* de réduction d'impôt.

Frais de Négociations.

(Du 1er. au 6e. Doutes.)

C'est une tâche difficile que celle de prouver la modération des Frais de négociations de 1819.

M. Mollard a esquivé adroitement la défense du crédit de 22,413,000 ; il dit que *des erreurs me sont échappées;* mais il n'entreprend pas de les prouver ; il n'en indique pas une seule. De la part d'un si habile calculateur, ce silence n'est pas oubli , mais aveu de l'impuissance de défendre une pareille demande.

Le *vieux Commis* emploie 50 pages à cette défense , sans jamais aborder de front les calculs et les raisonnemens. Il m'en faudra beaucoup moins pour détruire ses allégations , et donner encore plus de force aux calculs que j'ai présentés dans les 1er, 2.e , 3.e, 4.e et 5e. Doutes.

Toutes les divisions , soustractions , distinctions et chicanes de mots font seulement que ces Frais, qui, l'année dernière , étaient réunis en *un seul* chapitre , sous le titre clair , connu , usuel de *Frais de négociations,* ont été disséminés en trois chapitres , qu'il faut réunir pour pouvoir comparer cette dépense avec celle de l'année dernière. Peu importe la classification ; j'accorderai si l'on veut que les *frais à la négociation* des billets du Trésor ne sont pas des *frais de négociations;* cette belle découverte , cette utile innovation est consacrée par le Budget, et défendue par le *vieux Commis.* Ce qu'il importe de connaître , c'est la dépense totale des Frais de négociations en 1819, afin de la comparer avec celle de 1818.

En 1818, pour un Budget de 1,154 millions, les Frais de négociations furent de 21,855,000, et même, suivant le rapport de la Commission, de.. 20,935,000

En 1819, et pour un Budget de 889 millions, il est demandé. 22,413,000

Première augmentation 1,478,000

Mais calculons cette proportion :

Si 1,154,000 *ont coûté* 21 millions, y compris 2,730,000 pour la commission supprimée à la Banque, combien 889 millions *doivent-ils coûter?*

Le calcul répond 16 millions. L'augmentation réelle, est donc au plus bas de 6,413,000 ; mais de plus la Dette flottante ayant été diminuée en 1818 (29ᵉ Doute) de plus de 105 millions, ce qui n'est pas contesté, les intérêts à payer ont dû éprouver une réduction de plus de *cinq* millions ; par conséquent l'exagération de la demande pour 1819, l'accroissement réel de dépense dépasse *onze* millions sur 22 !!!

Que peuvent, contre ces calculs incontestables, les chicanes de mots, et vingt pages de lamentations sur le triste sort des Receveurs-Généraux, de leurs femmes et de leurs enfans? Ne seriez-vous pas *Orfèvre*, monsieur le *vieux Commis?*

N'est-il pas évident que si on a divisé les Frais de négociations en trois chapitres, c'est moins pour en faire une classification plus exacte, que pour en diminuer l'étendue *apparente?*

Si on négocie *en apparence* à *quatre pour cent*, ne serait-ce pas parce que les négociateurs sont amplement dédommagés sur le chapitre des commissions et des indemnités ? Peu importe le taux *apparent* des négociations ; c'est le résultat, la réduction du total des dépenses qui prouve le crédit et la bonne administration. Tout le reste *apparences trompeuses*, qui peuvent flatter la vanité de l'Administrateur, mais qui coûtent cher au Trésor. Le total de la dépense des négociations a été augmenté de 1818 à 1819 de onze millions; on peut à ce prix négocier *en apparence* à bon marché; mais il ne faut pas faire vanter son économie quand on double la dépense.

Le *vieux Commis* n'est pas plus heureux dans ses comparaisons des *Frais de négociations* de 1819 avec ceux de 1812 et de 1809. Je pourrais contester plusieurs de ses chiffres ; je les prends tels qu'il les rapporte; car les différences sont telles que l'administration de 1806 à 1814 peut faire à celle de 1819 l'avantage de plusieurs millions.

1809 a, dit le *vieux Commis*, coûté brut 13,703,000, pour 840 millions; calculons cette proportion:

Si 840 millions *coûtèrent* 13,703,000, *combien devront coûter* 889 millions?

La réponse sera. . . 14,500,000 :

Or le Budget demande 22,413,000 pour 1819; il y a donc surcroit, exagération de 8,000,000 sur 1819, comparé à 1809.

En 1812, les frais, pour 1,089 millions, furent *brut* de 20 millions.

D'après cette proportion, ils devraient être,

En 1819, pour 889 millions, de 16,350,000.

Ils sont de 22,413,000 ;

Il y eut donc économie de 6,600,000, en 1812, comparé à 1819.

Cependant 1812 fut l'année où se prépara la

campagne de Russie , où il fallut envoyer des fonds à Cadix et à Moscow.

En 1809, en 1812 le service se faisait dans un Empire double en étendue, dans 140 départemens au lieu de 86.

Alors les Intérêts , les Commissions étaient partagés entre 140 Receveurs-généraux ; en 1819 ils sont distribués entre 86, et ils eoûtent le double !

La Dette flottante était même alors supérieure à ce qu'elle est maintenant. La preuve en est dans les Budgets de 1814 et de 1816. Il a été reconnu qu'elle s'élevait au 1er. avril 1814 , à 156 millions (Budget de 1816, page 209); le Trésor devait alors de plus au Domaine extraordinaire et au Trésor de la Couronne 127,841,000 (*voy.* Budget de 1814, pages 80, 29 et 30). Cette dette a été annullée; mais avant le 1er. avril 1814 , le Trésor en payait les intérêts sur les frais de négociations.

La Dette flottante, avant le premier avril 1814, était donc de 244 millions , et en retranchant 47 millions provenant de la Caisse d'amortissement, les intérêts de 198 millions étaient payés sur les Frais de négociations; la Dette flottante n'est plus maintenant que de 176 millions, et, quoiqu'elle ait subi une réduction, les frais de négociations ont augmenté.

Ces faits, ces calculs, ces circonstances, et beaucoup d'autres, expliqueraient, en 1812 et 1809, des frais doubles de ceux de 1819 ; mais quelles causes peuvent nous expliquer pourquoi les frais de négociations de 1819 sont *doubles* de ceux de 1818? Pourquoi ils sont de *moitié* et du *tiers* plus forts que ceux de 1809 et de 1812 ?

Le *vieux Commis,* M. Mollard, M. B..... et tous les défenseurs, ont oublié de donner cette explication. Ils ont évité de répondre à cette question embarrassante : *lequel des Ministres fut le plus habile et le plus économe?*

Je n'ai laissé sans réponse aucune des objections tant soit peu importantes du *vieux Commis,* de M. de *Saint-Aubin*, de M. B... et de M. *Mollard* (1). Je considère comme des aveux tant de réponses où l'on se borne à dire : « *Vous verrez* » *cela dans le prochain compte :* » car c'est reconnaître que cela doit être dans les comptes. Il est constant que les comptes de 1818 sont en retard ; il est reconnu que la Comptabilité est *en mauvais ordre ;* s'excuser sur le retard et le mauvais ordre, n'est-ce pas avouer les causes d'erreur ? Pourquoi

---

(1) M. Mollard, dans la partie de sa brochure intitulée *faits*, n'est ni plus exact , ni plus concluant. Il impute les erreurs des comptes à l'organisation faite par M. Labouillerie. Il dit lui-même , et il est vrai , que cette organisation ne commença que le 1er. janvier 1818 ; or les comptes produits à la Chambre sont ceux de 1817 ! ils ont dû être faits sur les livres de la comptabilité antérieure à la nouvelle organisation. Les causes d'erreurs , les imperfections proviennent donc de la comptabilité , telle qu'elle fut organisée en 1814 et 1815 , telle qu'elle a subsistée jusqu'au 1er. janvier 1818. Les vices de ces comptes , loin d'accuser l'organisation faite en 1818 , ne peuvent lui être imputés. Ils prouvent qu'une organisation nouvelle était nécessaire. Le nouveau Ministre a rétabli l'ancienne. Les comptes de 1817 prouvent que l'on eut raison de changer la comptabilité en 1818 , et que l'on a eu tort de la rétablir en 1819. Enfin le Ministre a déclaré qu'il la changerait de nouveau. Il faut rendre à chacun ce qui lui appartient.

Que signifient donc les accusations et les réfutations de M. Mollard , contraires aux faits et aux aveux faits à la Chambre ? de M. Mollard qui , aussi bien que personne, connaît les vices de l'organisation de 1814 et 1815 , et les erreurs des comptes ? M. Mollard est *Inspecteur* des finances sous les ordres des Chefs de la comptabilité. En 1818 , lors de l'organisation qu'il accuse maintenant , il attaqua dans son écrit : *Examen des Comptes des Ministres*, les comptes de la comptabilité centrale qu'il défend aujourd'hui, *par ordre.*

n'avoir pas poussé la franchise jusqu'à reconnaître les conséquences ? La Comptabilité peut-elle être vicieuse , et les Comptes sans erreurs ?

Par exemple , il est clair à tous les yeux, que l'on a oublié de porter en recette 4,142,000 bénéfices sur les négociations de 1818 (6ᵉ. Doute). Qu'a-t-on gagné à contester cette erreur et plusieurs autres ? Personne n'a eu la crédulité d'admettre que c'est par respect pour les attributions de la Chambre que l'on a fait cette omission. Ce scrupule feint sied mal à un Budget qui a bouleversé la forme des comptes, détruit la balance des exercices, supprimé le vote des recettes, et dans lequel d'ailleurs on a , et avec raison, porté dans les tableaux tant d'autres excédans de recette et de dépense , sans attendre la permission de la Chambre. Faire de pareilles réponses, c'est rendre l'erreur plus évidente, moins pardonnable, et inspirer une juste défiance.

J'ignore quel sera le résultat de ces discussions; mais je puis avouer hautement quel a été mon but en les élevant.

J'ai voulu d'abord contribuer à démontrer la nécessité d'une réduction d'impôts; et en second lieu, placer les Administrateurs et les bureaux des finances dans la nécessité de travailler à la réforme de leur comptabilité, et de présenter à l'avenir des Comptes plus clairs et plus exacts, des Budgets plus vrais et plus modérés.

Ce but est déjà atteint en partie ; les aveux ont plus étonné que satisfait : il faudra voir les améliorations.

Les quatre réponses auxquelles je viens de répliquer, ont épuisé les plus forts argumens. Plusieurs autres réponses sont encore sur le métier, dans l'*atelier de réfutation;* elles arriveront trop tard, et ne pourront que se répéter. Je ne reprendrai la plume que dans le cas, ce qui est peu probable, où d'autres réponses auraient plus de force et de valeur que les premières, où elles diraient quelque chose de neuf.

Plusieurs *diatribes* ont aussi été jetées dans le public, distribuées avec profusion et vantées dans des journaux.

Pour toute réponse, pour toute personnalité, je nomme dans la liste ci-après, les *anonymes* Rédacteurs et Auxiliaires des réfutations et diatribes; afin qu'ils ne perdent pas la part d'estime et d'éloge qui leur est due.

Cette discussion terminée, je reporte tous mes soins sur un ouvrage grave et instructif; il est intitulé :

FAUTES FINANCIÈRES ET POLITIQUES, *commises dans l'administration des finances, depuis le 1er. avril 1814 jusqu'au 1er. juillet 1819.*

Les Comptes *imprimés*, les Journaux et le Bulletin des lois, m'ont fourni les faits et les calculs; l'Économie politique fournira les principes et les raisonnemens, et l'Impartialité prononcera les jugemens.

L'objet de cet ouvrage n'est pas la critique stérile des Administrateurs passés. Je l'ai entrepris depuis long-temps, pour ma propre instruction. Dès que l'on ordonne une mesure de finance, je la médite, je la calcule et je la discute, le plus souvent par écrit. Je me suis décidé à réunir ces observations, et à les publier, parce qu'elles m'ont paru contenir, pour les Administrateurs futurs, pour les Membres des Chambres et pour les Contribuables, des avis salutaires et d'utiles leçons.

FIN.

LISTE OFFICIELLE

Des *Réfutations* et des *Réfutateurs*, copiée sur
l'État d'émargement dressé dans l'*Atelier* de
Réfutation, pour servir à la distribution des
gratifications et faveurs rémunératoires, à
prendre sur *le surplus* des Frais de négociations de 1819.

OUVRAGES ET AUTEURS

sérieux, graves et profonds.

LETTRE A M. *Bricogne*, par M. B... *Rédacteur*:
M. Barbier, Chef dans les bureaux du Cadastre.
Auxiliaires : le Cadastre en corps.

RÉFLEXIONS SOMMAIRES, par *M. de Saint-Aubin*,
ex-Tribun. A lui tout seul.

LETTRE D'UN VIEUX COMMIS *du Trésor, à son
Ami.*
Rédacteurs principaux : M. *Ducos*, Receveur-
général, et M. *Jourdan*, Directeur-général du
Mouvement des fonds au Trésor.

Pour la partie des encaisses, des frais de négociations et
des Receveurs-généraux, discutée faiblement, mais avec
politesse.

M. le Comte *d'Audiffret*, Directeur de la Comptabilité centrale des finances.

Pour les Situations, les calculs d'Actif et de Passif, et pour le beau tableau de comparaison des recettes ; afin que les chiffres fussent aussi exacts que ceux des Comptes et des Budgets.

Auxiliaires: M. V. Masson, pour le Conseil.

Et les mille à douze cents Chefs, Sous-chefs et Employés du Ministère des Finances.

Un mot *sur la Brochure de M. Bricogne*, par M. Mollard, *Inspecteur.*
Avec un peu d'aide et les auxiliaires ci-dessus.

FACÉTIES ET DIATRIBES,

Par les Bouffons et les Loustics de l'Atelier de réfutation.

M. Cigogne.... *Anonyme.*
Par M. V. Masson , Chef au Ministère des Finances.

On peut lui savoir gré de l'intention; mais l'exécution n'y a pas répondu. Ses citations ne sont pas inexactes, car il les a laissées *en blanc*. Il fit mieux, pour son coup d'essai, lors de son début dans le genre badin , en 1816, par un brochure intitulée : *Considérations sur le crédit public,* dans laquelle il a peint de couleurs grotesques et rembrunies, l'administration et l'administrateur des finances de 1814. Il fut alors plus gai et plus spirituel, parce qu'il était plus vrai et plus libre, et parce que le sujet prêtait davantage.

Non content de m'injurier, il ose attaquer le Ministre qui fut mon chef, mon maître et celui de M. Louis.

Il assimile à l'abbé Terray, M. Mollien, qui n'eut avec lui ni aucune conformité de principes, de conduite ou de robe!

L'usage exigeait qu'il assimilât le Ministre en place à Turgot? mais le public ne doit-il pas retourner la comparaison? la flatterie est-elle assez maladroite!

NOUVEAUX MOYENS DE PARVENIR, par *M. E. P. Rédacteur unique* : M. Lefevre, Secrétaire-général du Ministère des Finances.

C'est son début dans la *diatribe*. Ne nous étonnons pas que ce soit une œuvre d'écolier pour les pensées et pour le style.

M. E. P. aurait beaucoup mieux traité les *moyens de se conserver en place*, dans la pratique desquels il s'est montré expert pendant 25 ans. Sans doute, au premier rang, il eut placé le *courage* de prêter *à-tout venant* au ministère, une plume commode et docile, pour écrire tour-à-tour sur tous les tons, dans tous les s stêmes et dans toutes les opinions; n'ayant d'uniformité que dans le style, sec, roide, froid, guindé, haché, embarrassé, à prétention, de mauvais goût, de mauvais ton, métaphorique jusqu'au ridicule, toujours le même dans le Discours, dans la Chanson, dans la Diatribe.

Justifions cet éloge : montrons, comme dit M. E. P., *le bel esprit comme les paillettes mêlées aux poignées de sable.*

J'ai cité l'*assiette qui dépose en faveur du perfectionnement...* indè iræ, mais voici bien d'autres *plats* ou platitudes sortis de la même fabrique, dont *le cachet évident fait absoudre l'erreur qui porte son empreinte*, en style de M. E. P. et de Jeannot.

Dès la seconde page, il reçoit *des coups de pieds dans le derrière, et cela le pousse d'autant...* Pourquoi nous dire le secret de son avancement?

Il prend la livrée d'une bête et d'un ignorant... Aurait-il écrit sous la dictée de son habit?

Il dresse *la Carte ministérielle du Budget.* De quelle Carte parle-il? est-ce d'une Carte de géographie. Ce ne peut être une Carte de restaurateur; je devine, c'est *la Carte payante.*

Il déclare que *le passif a plus de corps qu'une bulle de savon...* et il fait *disparaître les traces des fléaux politiques sous les couleurs d'un prisme...* quel habile physicien ! quel style !

Il refuse de croire *à l'apparition d'un nouveau Messie, qui annonce la rédemption de nos bourses :* il est *Juif* ou *Financier,* cela est évident ; il le prouve de rechef ; car, dit-il, *réduire les impôts, c'est jeter les vivres à la mer.*

Il nous révèle que la fortune, qu'il appelle *la Circée, a une ménagerie et des petites-maisons ;* et il se montre digne d'y occuper une place, non parmi les *Coryphées, les Bayards avortés,* qu'il insulte grossièrement ; mais bien parmi *les Singes, les Perroquets, les Lièvres et les Chats...* *les Sophistes, les Courtisans, les Aveugles et les Poltrons,* qu'il comprend dans son dénombrement, afin de savoir où se placer.

J'ai cité les phrases les plus soignées et les plaisanteries les plus légères et de meilleur goût : j'avais annoncé un recueil de platitudes et de sottises, j'en ai donné d'assez beaux échantillons, et je suis loin d'avoir épuisé la collection.

La Réplique qui précède, a répondu au petit nombre de raisonnemens, perdus dans ce mauvais marivaudage.

Je plains les *Commis vieux et jeunes* chargés de pareils travaux administratifs.

J'admets leur excuse : *il faut bien que nous vivions et que nous conservions nos places.*

Mais que dire de *celui* qui commande, qui paye, qui fait distribuer de pareilles rapsodies, et qui les prend pour des chef-d'œuvres de talent, d'esprit, de bon goût et de raison ?

Pourrait-il se plaindre si quelqu'un de mes amis, prenant mon fait et cause, usait de représailles ?

FIN.

www.ingramcontent.com/pod-product-compliance
Ingram Content Group UK Ltd.
Pitfield, Milton Keynes, MK11 3LW, UK
UKHW022218070726
13613UKWH00004B/1732